KB260493

가랑잎 별이 지다

| 김사윤 시집 |

지식공감

_______________ 이(가)

소중한 _______________ 님께 드립니다.

시인의 말

시를 쓴다는 것에 대해서 몇 번이나 실망하고 고민하는 나날들이 거듭되면서 급기야 지금 제가 살아가는 세상은 어쩌면 시가 더 이상 읽혀지지 않을 수도 있겠구나 하는 위기감마저 드는 것을 부인할 수 없었습니다.

조화롭지 못한 현실에서 살아가야 할 이유를 찾고 희망을 끄집어낼 수 있는 건더기를 사물이나 미물에서 찾아낼 수 있는 시간은 관찰과 애정의 표현을 해야 하는 시인에게는 소중하기 그지없습니다.

요즘 들어서 시에 관한 다양한 시도가 이루어지고 있고, SNS를 통해서 전송된 자료들을 모아서 짧지만 깊은 의미를 가진 시라고 소개되기도 합니다만, 저는 이러한 부분들이 옳거나 그르다는 식의 표현을 하고 싶지는 않습니다. 판단은 오롯이 독자들의 몫이고 언제나 시를 읽는 사람들이 느끼는 감정의 깊이를 진지하게 느낄 수만 있다면 결코 가벼운 시는 아닐 수도 있겠구나 하는 생각이 들 뿐입니다.

우리가 '삶'이라는 길고도 짧은 여정에서 감당하기 힘든 슬픔을 겪거나 놀라운 일들이 주위에서 많이도 일어납니다. 그럴 때마다 거짓말처럼 아무런 말도 생각나지 않고 숨이 턱 막힐 것 같은 답답함만을 느끼는데 눈물조차 나지 않을 때 오히려 '아…' 하는 짧은 탄식도 표현의 일부라고 보았을 때 온라인 커뮤니티의 글들에 크게 공감하는 이유도 거기에 있지요.

소설이나 수필의 경우 조금 더 독자들에게 다가갈 기회가 있을 수 있다고 생각해 봅니다. 제가 '기회'라고 표현하는 이유는 산문의 경우에는 문학적 가치를 가늠할 수 있는 문체나 문제의식보다 더 중요한 것은 '이야기의 견고성'이라고 판단하기 때문입니다. 한 마디로 '이야기'가 재미있는 에피소드가 되었건 사건이 되었건 감동을 줄 수 있다면, 그 많은 문장들이 모두 문학적 가치나 기교로 굳이 무장되어 있지 않아도 기회가 여러 번 주어질 수 있지만, 운문의 경우 짧은 문장 안에서 수많은 '의미'와 '생소함'을 표현해 내야 하는 그야말로 현학적이지 않으면서도 감동을 줄 수 있는 뭔가가 없으면 사장死藏 되고 만다는 의미라고 할 수 있습니다.

저는 그 부분에 대한 고민을 하던 끝에 발표된 시에 선율을 입혀 보면 어떨까 하는 생각을 하게 되었고, 곡을 써 보게 되었습니다. 대중가요든 가곡이든 개의치 않고 음을 가진 저의 시는 의외로 더 많은 의미를 전달할 수 있고, 무엇보다도 장조인지 단조인지가 명확해 지면서 큰 의미의 해석은 누구나 가능하게 되었다고 생각해 봅니다. 혼자 할 수 없는 부분들은 여러 친구들이 도움을 주었고, 이는 감성밴드라는 부제를 달고 [비바다비]라는 이름으로 시를 공감할 수 있는 공간으로 거듭나게 되었습니다. 비가 내리는 바다, 그리고 다시 내릴 비를 기다린다는 의미를 가진 비바다비는 본서에서 소개되는 [새벽강], [그대로의 사랑], [가버려]등의 대중음악과 [아빠별]같은 동요 외 다수의 시들이 곡으로 발표되어 공연을 중심으로 활동하고 있습니다.

매일 아침 집을 나서면서 누군가를 만나서 무엇을 얻어야 하고 어딘가로 가서 무엇이든 배우고 익혀야 하는가 하는 고민으로 살아가는 우리들에게 정작 필요한 것은 취미조차도 유행에 뒤처질까 봐 전투적으로 갖는 위기감이 아니라 하나둘 잊혀 가는 감성을 찾아가는 것이라고 생각합니다. 언제부터인가 밤하늘의 별과 달에 무심하고 길가에 피어난 꽃들을 바라볼 여유조차 없는 우리들에게는 무엇보다도 타인들에 대한 배려와 관심, 그리고 자신에게 부여된 재능과 지식으로 세상을 살맛나게 만드는 따스한 마음일 거라고 생각합니다.

시를 제대로 써 보겠다고 생각해 본 적이 한 번도 없습니다. 결심이나 의지로 될 일이 아닌 탓에 오히려 비우면 비울수록 채워지는 것이 시가 아닐까 하는 미련하고 게으른 위로를 제게 건네면서 하루를 또 보냅니다.

끝으로 사랑하는 가족들과 저와 함께 시를 살아 숨 쉬게 하는 데 큰 도움을 주는 비바다비 가족들과 불철주야 저보다 더 제 시를 보듬어 주신 도서출판 지식공감 편집실 여러분들에게 고마움을 전하고 배선아 님의 쾌유를 진심으로 바랍니다.

2013. 9. 23
진밭골에서
김사윤 드림

contents

제1부
감자탕 우거지

제2부
내 푸른 사랑아

제3부
연탄 마을에도, 비가

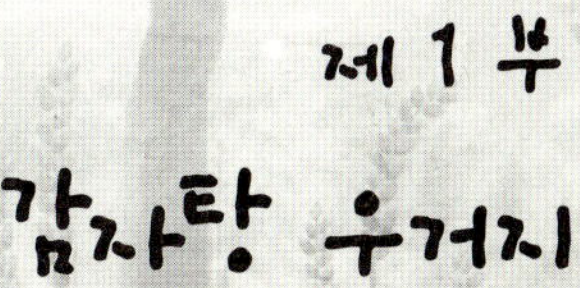

제 1 부
감자탕 우거지

“아내가 비워둔 어느 해 어느 가을
아들과 함께 들른 감자탕 집에 햇살이 따사롭다”

연 緣

시간의 강은 늘 한 방향으로 흐르네
유영하되 거스르지 못하는 미련스러움에
걸음을 멈추고 하늘을 바라보네 휴….

빈 얼레를 되감으며 하늘을 바라보네
가슴을 찢고 짓이겨 흐트러진 구름들이
대지에 내려앉아 슬픔으로 쌓여가네

햇살 한 줌 흩뿌리는 오후 한나절에
하얀 슬픔들이 녹아들고 멈춰선 발자국도
지워지고 사람도 하나 둘 지워지고….

끊어진 연은 점점 사라져 가네

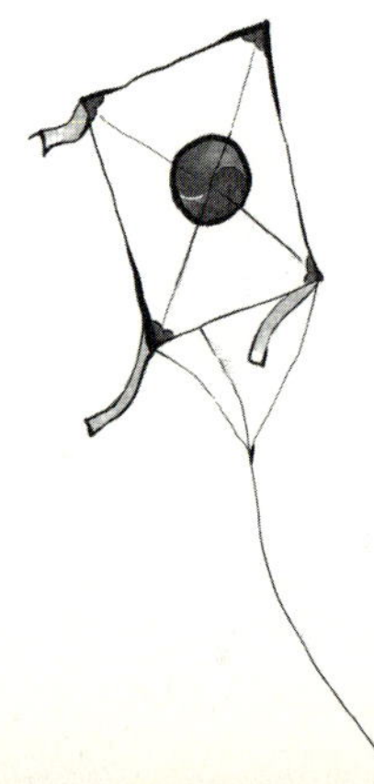

그루터기

옆집 사내가 담배를 물고 찾아온 아침
나의 목련은 허리가 잘려질 날짜를 정해야 했다
이웃의 창을 가려 버린 파렴치한 목련의 잎사귀는
내 얼굴의 두 배에 이르고 키는 다섯 배도 넘는데
이내 그 우뚝함이 거슬린 탓이다

밥상보다 더 크게 남은 둥근 그루터기를
전기톱으로 갈기갈기 후벼 파 십자가를 긋더니
재생조차 힘들다는 약물을 먹이고 잔인하게
돌아서는 인부 네 명의 뒤통수만 노려보다
먹먹하게 그 자리에 물 한 바가지 붓는다

장마를 품은 몇 달이 지난 후
잊고 지내던 날 스스로의 무심함을 탓하며
마당을 보다가 숨이 멎을 것 같은 잎새 하나
그루터기에 싹이 나고 손바닥만 한 잎새 하나를
토해 낸 나의 목련은 많이도 답답했다 보다

노인

그만,
제발 이제
그만 하세요

언제,
언제까지
구린내 나는 노를
그 낡고 병든 노를

당신을 위해
오로지
당신만을 위해

저어,
저어 가시렵니까

나무

저 나무가 푸른 이유는
그가 하늘을 저,
하늘을 우러르고 있기 때문이다

살아가며 바라볼 저,
하늘이 없다면
그는 더 이상 나무가 아니다

하늘과 땅과의 오랜
약속을 지키며
수백 년 수모를 참아온 나무다

나무는 하늘이다

그가 없는 하늘은
더 이상 하늘이 아니다

이별

또
한 분
떠나시는 날이다

나이가
들어갈수록
이별 간 시간이 좁다

오늘
그에 대한 기억은
먼지처럼 흩어져 간다

또
한 분
떠나시는 날이다

미련이
남을수록
그리움이 맴돈다

또
나만
이렇게 남는다

감자탕 우거지

아내가 비워둔 어느 해 어느 가을
아들과 함께 들른 감자탕 집에 햇살이 따사롭다

등뼈를 휘감은 우거지를 수초처럼 걷어내며
이 녀석이 힘든 시간들은 이렇게 걷어 줘야지
모처럼 애비 노릇 자족감에 미소를 지어 본다만

살코기를 애써 모아 아들에게 건넸더니
녀석, 덤덤하게 바라보다 숟가락을 내려놓는다

혼자 먹기 싫어서 나도 수저를
부러 비뚤게 내려놓는다

중독 中毒

두 발 아래로 강물이 흐르고
채 말을 걸어 보기도 전에 강물이 흘러
거침없이 지금을 지나쳐 가 버리는 날에

구름이 떼 지어 머리 위로 흐르고
채 말을 걸어 보기도 전에 구름이 흘러
거침없이 지금을 지나쳐 가 버리는 날에

강물과 구름이 머릿속을 맴돌다가 혹,
머물러 내게 한 마디라도 건네줄까 하여
제자리에 서서 한참을 기다려 본 날에

어두워진 강으로 걸어 들어가며
이리도 치사하고 궁상맞은 고단함을 걷고
차돌 하나 주워 허공에 던져 버린다

눈물이 난다

천사, 혹은

서울역 광장에 내려앉은
비둘기들은 더 이상 날아오르지 않는다
컵라면 용기에 숨통을 처박은 소주병이 놓인 계단에 내려앉
은 늙은 노숙자의 어깨에도 숨죽인 날개가 있다
그들은 누구도 날 이유가 없다

검은 도로 위에 내리는
검은 빗줄기에 검은 낯빛의 천사가 있다
고양이의 사체가 널브러진 곁에서 주술처럼 담배를 피운다
오고 가는 이들에게 구원의 기회만을 강요하는 천사는
어쩌면 맞아 죽을지도 모른다

천사들의 광장에 신들의 바람이 칼춤을 추며 노래한다
붉은 깃발이 펄럭이고 찬양이 범람하는 사람들의 도시에
천사들이 하나 둘 모여 따로 춤을 추고 노래한다
그들은 천사를 알아보지 못한다

오늘도 천사는 고양이처럼 춤을 춘다

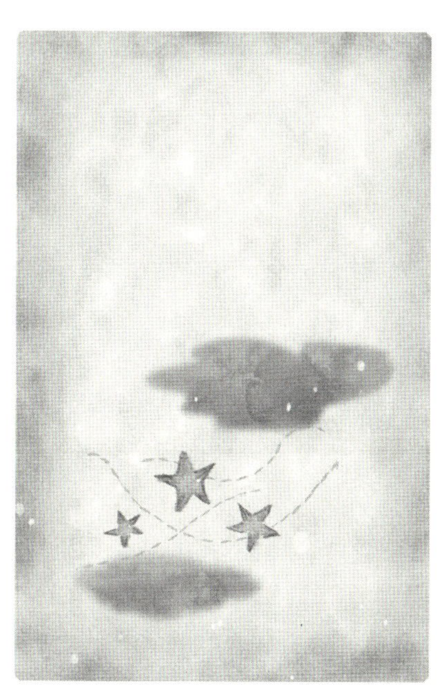

하나되어 어우러져

-변지현, 엄연희 두 분의 하나됨을 기억하며-

그대를
사랑이라 부르고
비로소 다시 태어난 오늘
저는 아내의 이름으로
님의 곁에 자리합니다

그 자리
외롭지 않게 해 주시고
언제나 그대의 곁에
조그만 힘이 되게 하소서

그대를
사랑이라 부르고
비로소 다시 태어난 오늘
저는 남편의 이름으로
님의 곁에 자리합니다

그 자리
든든하게 해 주시고
그대의 고운 눈에
눈물 고이지 않게 하소서

그리고
또 기억하소서

오래전 부부의
이름으로 함께하신 부모님의
사랑과 용서를 잊지 마소서

지금 이 시간은
그분들에게서 떠나는
시간이 아니라 함께하는
시간임을 영원히 기억하소서

가랑잎 별이 지다

벚꽃이 만개한 나무 그늘 아래를
아들보다 앞서 허위허위 걸어가시는 아버지
그 분의 야윈 두 다리가 눈물겨운 화창한 날
가랑잎처럼 바람의 결을 따라 떠나실까 두려운 날
꽃놀이라, 내게 이 무슨 놀이가 될까

계곡을 매운 사람들의 이마에
꽃잎들이 내리고 미소로 바라보는 어머니
그 분의 주름진 뺨이 눈물겨운 화창한 날
가랑잎처럼 바람의 결을 따라 떠나실까 두려운 날
꽃놀이라, 내게 이 무슨 놀이가 될까

흰빛이라 더 서러운 벚꽃들이
왜 것이라 할 이유를 찾을 가치조차도 둘
여유도 없는 나의 주름진 야윈 하루는
가랑잎처럼 바람의 결을 따라 그 결을 따라
떠나실까 내가 두려운 꽃놀이일 뿐
아무것도 아니다

민들레

꿈을 꾸는 데 무슨 망설임이 필요할까요
지금 그 꿈이 이루어지지 않는다고 해서
지레 뒷걸음질을 칠 이유는 없지요

애초 이루어질 꿈이 아니라 해도
사람들이 실소를 금치 못할 꿈이라 해도
애써 고개를 숙일 이유도 없지요

꿈을 꾸는 데 무슨 망설임이 필요할까요
하나의 꿈이 그 날개를 꺾으면 나는 또
다른 꿈을 꾸면 되지요
민들레처럼 세상에 수없이 많은 하얀
꿈들을 흩뿌릴 수 있는 이유만으로
그대와 함께 꿈을 꾸지요

둥실 야윈 몸을 바람에 맡기고
날아올라 그 꿈을 꾸는 꿈

꿈을 꾸는 데 무슨 망설임이 필요할까요
날개를 찢겨 추락하는 어미 새를 바라보며

마른 울음 끝에 토악질하는 아기 새의 이마에
내려앉아 그 눈물을 타고 미끄러져 둥지에
꽃을 피워 하늘을 날아오를 수 있는
용기를 주는 꿈을 꾸지요

바다, 후회

시간의 흐름과 마주할 때가 있지요
감히 거스르고자 한 바는 없을지라도
마주 보고 싶을 때가 있었지요

조금만 시간을 당길 수 있었다면
바뀔 수도 있었던 일련의 사건들이나
내가 힘들 때 빨리 지나가 버렸으면 하는
그런 시간들이 제게 잠시 다녀갔나 봅니다

내 곁에 머무른 악마의 미소로 인해
분노하고 억울함에 몸서리치는 시간조차
번거로운 일이 되어 버렸던 시간들이
내게 스치고 지나갔나 봅니다

그저 아니라고 고개를 흔들어도
아닌 것이 아닌 잘못으로 인해서 단연코
아닌 부분까지 고개를 끄덕이게 만들었던
부끄럽고 안타까운 시간들이 내게
남아 있었나 봅니다

그해 겨울의 차가운 바닷바람이
어떤 걸 버린다 해도 받아줄 줄 알았던
나의 바다조차도 용서할 수 없었던 모순이
굳어 버린 종양처럼 기억 속에 남았다 봅니다

이별에 앞서

어떤 날 어떤 사람이 어떤 이별을 들고
내게 그 이별이 지당한지 물어보는 그 이유
도무지 알 수 없어 고개를 끄덕인다
마침내 그 이별이 나와 무관하지 않음에
홀로 남는 나는 그런 사람이다

언제나 이별은 아이들의 손수건처럼
자주 흘러내리는 슬픔을 닦아내기에는
너무 잦다는 핀잔을 받으면서도 늘 존중받은
그 이별의 거만스러움을 뿌리치고 싶다

사람이 사람을 만나는데 무슨 이유가 필요할까
허나 사람이 사람을 미워하고 증오할 때에는
반드시 이유가 있어야 마땅하다

이조차 모르는 사람에게 사랑을 이야기한들
그 또한 무슨 소용이 있을까

잃어버리기 전에

처음 소중한 기억들을 만들기는 쉬운 일이지요
차라리 간직하고 지켜내기가 힘이 드는 일입니다
사랑이건 우정이건 늘 처음보다 어려운 명제들을 만들고
시간이 지날수록 하나 둘 그 의미를 잃어 가지요

두 사람의 사랑은 처음의 약속처럼 이어가기 힘들고
처음에는 불편한 어긋난 시간들에 익숙해져 가면
텅 빈 방안에서 비로소 우리가 잃어버린 것이 무엇인지
알게 되는 사랑, 그 사랑이 그리워 우는 사랑이지요

햇살 따스한 길에 나선 친구들과의 시간들은
낡은 극장의 담벼락에 붙은 포스터처럼 펄럭이고
힘들고 어려울 때 외면하고 돌아서는 우정이란 의미조차
비로소 떠난 후에 깨닫는 친구의 이름이지요

사랑과 우정의 어중간한 간절함이 더해갈수록
그 둘을 찾아내긴 점점 힘들어져 가고 차가운 바람이
일깨우고 지나가는 세월 앞에서 불현듯 생각나는
아스라한 추억들만 남게 되지요

주사 酒肆

빈대떡이 노릇노릇 익어가고
놋그릇에 탁주가 반쯤 출렁이다
백열등 불빛이 흔들리는 늦은 밤 선술집에 바람이 분다
낡은 기타로 튕기는 구슬픈 그리움의 어조 하나로
문밖 빗소리는 거친 파도가 된다
여태 우리는 왜 만나지 못했을까

탁주 한잔에 얼큰해진 이가 못난 노래를 흥얼대는 밤
그 노래 맞춰 장단을 치다 젓가락 놓치고 잠든 이의 하늘에
먹구름이 내려앉고 천둥이 치더니 어느새 눈물이 내린다
둘러앉은 여러 사람의 머리 위에 하늘이 내린다
누가 먼저 일어서자 말할까 두려운 밤
겨우 이제 만났다고 다독여 준다

하나 둘 떠난 빈 자리에 찬바람이 머무르는 새벽
저물고 떠오르는 노동의 새벽에 부는 바람 허공을 삼키고
하릴없이 모인 사람들의 자리와 다를 바 없는 빈 자리에
깨진 백열등 파편들과 낡은 기타 놋그릇이 나뒹군다
이리 쉽게 떠났냐고 푸념들이 나뒹군다

플로체

-김광석 거리에서 부르는 노래-

떠난 이의 노래가 흐르는 골목길에 꽃잎이 떨어져 비를 맞고
골목마다 박제된 그림들이 지나는 이들을 바라보는 방천길
철조망에 걸린 소망 자물쇠들이 굳게 입을 다문 채
저마다의 약속을 저 홀로 기억하는데, 정작
그 약속을 한 이들은 열쇠를 품으려 하지 않는다

문명의 도로에 오가는 수많은 차량들의 곁에 머문
좁은 길 어귀에
김광석 한 사람이 옆자리를 내 준 이곳 하늘에는 어느덧
지금을 사랑하지 않는 보리밥집의 굴뚝 연기가 피어오른다
하루를 보내기에는 짧지만 한나절로는 부족한 골목길
더 이상 김광석은 노래하지 않는다

커피 한 잔에 빠진 먹구름 한 모금을 머금고
바라본 하늘 아래
철벅이며 빗길을 뛰어가는 철없는 어른들의 해맑은 미소
조금만 걸어가면 어둠과 갈등으로 엉킨 떠나온 곳
바람이 불어오는 곳으로 찾아가는 시 내림
따스한 그곳에서 그리움을 마신다

대명책방

어린 날 어머니의 손을 잡고 거닐던 시장은 거대한 지네의 다리처럼 수많은 통로가 이어져 있었고, 수많은 닭들이 고개를 꺾인 채 도마 위에 올라있는 모습을 애써 외면하며 지나치고, 솜털처럼 부드러운 털을 가진 강아지들이 사과상자에 들어앉아 새로운 주인을 기다리는 자리에서 머뭇거리다가 마지막으로 들른 곳은 늘 대명책방이었습니다.

십수 년이 지나고 비가 내리는 날이면 어김없이 찾아 나서곤 했는데, 낡은 책들이 익어가는 냄새가 어머니께서 삶아주신 고구마처럼 푸근하고 아늑하게 입구에서 배어나고, 나는 그 향에 취해 책 몇 권 펼쳐두고 주머니 속을 헤아리던 그 어느 날 누군가의 손에 길들여져 너덜해진 릴케의 시집 한 권을 끼고 가게를 나선 그날 밤, 할아버지의 죽음을 전해 듣고 가깝게 다가선 두려움에 떨던 나는 아주 겁 많은 청년이었지요

아무리 오랜 시간이 흐른다 해도 결코 사라지지 않을 것만
같았던 그 곳, 대명책방은 마침내 허물어져 커다란 식당이
불한당처럼 거들먹거리며 세워지고, 나와 어머니의 발자국
을 불도저로 밀어 버리고 아스팔트가 깔린 낯선 곳이 되었
다. 코스모스 줄기보다 더 가늘어질 추억의 끄트머리에 대
롱 매달린 채 비 내리는 오늘을 흔들흔들 걸어가는 내 눈앞
에 대명 책방 할아버지의 거칠고 긴 하얀 수염이 비처럼 내
립니다

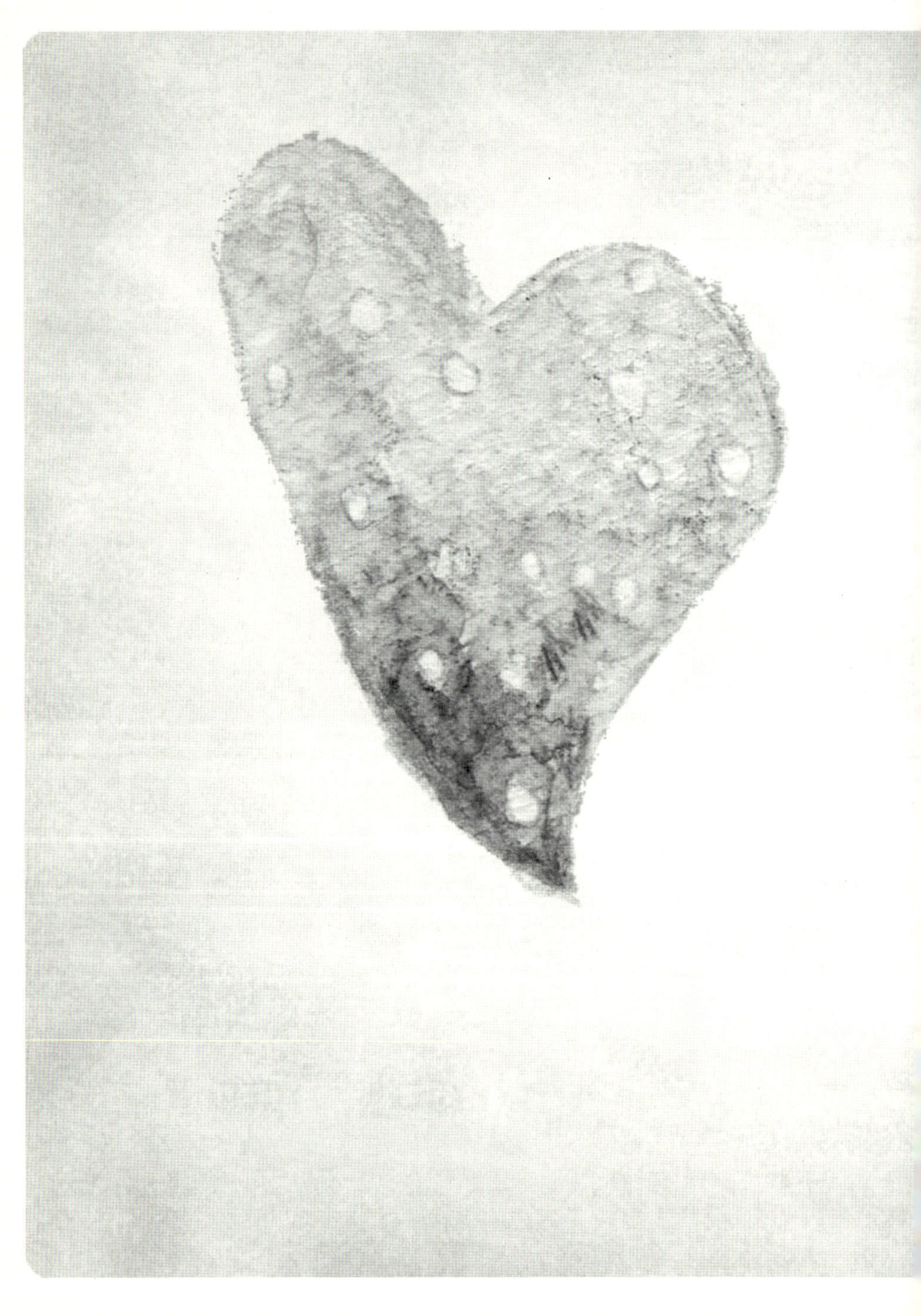

"사랑아 사랑아 내 푸른 사랑아
사랑아 사랑아 내 아픈 사랑아"

친구, 밤이 깊었네

친구, 부디 해를 넘긴 날이 많다 하여 어른 행세 하지 말게
자네가 지닌 그 많은 무게가 누구의 탓이건
너무 티는 내지 말게
자네, 기타 좀 연주할 줄 안다고 들었네.
어떤가, 굵기가 다른 여섯 줄임에도
조화롭게 화음을 내는 탓에 들어줄 만하지 않던가

나이가 많다 하여 어른이면
그것보다 쉬운 일은 없을 듯싶은데,
자네 생각은 어떠한가?
부디 그냥 먹는 나이는 아니라는 말은 말았으면
적어도 내가 아는 한 그냥 먹는 나이도 있더라는 얘기네

우리가 아는 여러 어르신들 중에서
그냥 먹는 나이도 있을 것 같지 않나?
참, 얼마 전에 차를 타고 지나가다가
자전거 타고 무단 횡단하던 노인네 기억나나?
자네가 나보다 더 심하게 분노하던,
그래 맞네. 그날 말일세.
그 노인네가 우리보고 더 큰소리치고 욕하던 거 기억나나?

그때 내가 왜 창문을 내리지 않은지 혹시 아는가?
나름대로 어른 대우 하지 않은 걸세.
귀를 닫는 것보다 가혹한 일이 어디 있는가?
적어도 우리 그리는 늙지 마세. 부끄럽지 아니한가

나이가 어리면 어린이라고나 부르지
나이 많은 어른 아닌 사람은
괴물에 불과하다는 게 내 생각이네. 우리 괴물은 되지 마세
밤이 깊었다네. 잘 자게 친구

그대로의 기억

텅 빈 거리 위로 흘러내리는 기억들의 작은 발걸음
왜 하나도 지워지지 않는가
흐린 나날들이 거듭되면서 상처들이 쌓여 가던 날
널 그렇게 또 보내는 건 아닌데

내게 남겨졌던 시간이 그저 아픔들일 뿐일까
아닐 수, 아프지만 깊은 사랑일 수도
너는 어느 하늘 아래서 우리의 기억을 지우며
그렇게 살아가는 걸까

너와 내가 만난 가로수 아래 거리를 지날 때마다
생각나는 그대로의 사랑

마른 먼지처럼 가득 흐려진 사람들의 낯선 표정들
왜 하나도 지워지지 않는가
아픈 나날들이 거듭되면서 상처들이 쌓여 가던 날
널 그렇게 또 보내는 건 아닌데

내게 남겨졌던 시간이 그저 아픔들일 뿐일까
아닐 수 아프지만 깊은 사랑일 수도

너는 어느 하늘 아래서 우리의 기억을 지우며
그렇게 살아가는 걸까

너와 내가 만난 가로수 아래 거리를 지날 때마다
생각나는 그대로의 사랑

시나브로

이렇게 힘든 경우는 없었다고 한다
아마 이렇게 힘든 경우는 없을 거라고 믿는다
하지만 잘 생각해 보라
살아가면서 혹은 살아지면서 이보다 더 힘든,
죽을 것처럼 힘든 경우가 정말 없었는지
우리는 늘 바퀴벌레보다 우월했고
그보다 더한 독한 내성으로 살아남을 수 있게
길들여저 왔다
어쩌면 본능적으로 그래 왔을지도 모른다
우성의 인자들만을 기억하고 그들에게
복종하고 참아오며 부끄럽지 아니할 뿐만 아니라
전이된 재능이 확인되는 순간 가차 없이 지워오던
수많은 동료들의 비명들을 거름 삼아
지켜오고 숨겨오며 하루하루 잘도 버텨 온
우리들의 삶이 자랑스럽지 아니한가
더 가증스럽고 영악한 건
그럼에도 사랑한다 말할 줄 알고
순수한 영혼들을 만나 누에처럼 그들의 뇌를
좀먹으며 살아가는 형제들의 피가
내게도 흐른다는 것이다

결국 나의 영혼조차도 남기지 않고 내 삶을
이어갈 개체를 남긴다는 것이
자랑스럽지 아니한가

얼굴, 조각칼

삐걱이는 복도를 걸어가면 양쪽에 늘어선 고만한 그림들
나는 고만한 소년이었기에 원색의 세상이 만족스러웠다
판화를 알기 전까지는 난 그냥 알록달록한 아이였다

유년 시절의 판화는 처음부터 마음에 들지 않았다
까칠한 질감과 조각칼이 거칠게 지나간 자국이 그렇게
불만스러울 수 없었다. 흠집을 내야만 작품이 되는 판화는
조금도 나를 이해시키지 못한 채 시간이 흘러갔다

매끄러운 조각판을 처음 받았을 때 뺨에 대고
나무 향을 맡으며 행복해하던 내가 그림을 그리는 게
아니라 후벼 파고 잘라내고 깎아내야 한다는 걸 알고서야
동화의 성을 걸어 나오는 나를 만날 수 있었다

동그라미를 파내려다 네모가 되고 길이 어긋나서
결국 내 손가락에 조각칼이 지나간 후부터 내게 조각은
창조의 즐거움보다 잃어가는 것들에 대한 조의弔意가 되고
마침내 검은 먹을 뒤집어씌운 채 남기는 상처

판화는 서서히 내 얼굴이 되어가고
나는 점점 판화에 새겨진 일그러진 상을 닮아가고 있다.

숨바꼭질

숨어라 거친 세상의 잎들을 헤치고
내면의 울분이 아로새겨질 옹이 되어 숨어라
나무를 떠나 홀로 떠나 온 나뭇잎은 점점
목마름으로 말라 비틀어져 짓밟히고 찢어진 채
더 없이 처절한 삶을 노래하다 마침내
가루 되어 산산이 흩어진다

숨어라 암연의 처處를 마련하고
비틀린 속내를 품어 가질 수 있는 그 날까지
깨진 하수관에 머문 오수 젖은 들쥐 마냥
다소 비굴하고 처연한 앞니를 갈아 내며
괭이에게 물려 반 잘린 귀를 세워라

손바닥만 한 햇살이 스며든 어둠일지라도
널브러진 내장들을 쉬 볼 수 있으리니
썩어 가는 세상을 바라볼 수 있는 두 눈을
그들이 파낼 수 없게 꼭꼭 숨어라
머리카락 보일라 꼭꼭 숨어라

이름 하나 사랑

사랑은 이러해야 한다고 이야기들을 합니다만
그 사랑이 옳다 그르다 이르는 사람들도 있습니다만
중요한 건 별다르지 않다는 거지요
그대들이 가졌던 사랑과 크게 다르지 않은 사랑
그게 사랑이라는 거지요
더 어려웠을 수는 있지만 그게 사랑이지요

사랑은 저러해야 한다고 이야기들을 합니다만
그 사람의 사랑이 지켜져야 할 약속들이라고 합니다만
중요한 건 별다르지 않다는 거지요
그대들이 가졌던 사랑과 크게 다르지 않은 사랑
그게 사랑이라는 거지요
더 어려웠을 수는 있지만 그게 사랑이지요

사랑의 이름을 두고 여러 갈래 비켜 부릅니다만
한 번도 사랑은 이름을 바꾼 적이 없다지요

처음부터 사랑은 사랑이었을 뿐이고 그 이름 말고는
불리워질 이름이 없기 때문이라지요

가버려

가버려 해가 뜨면 가버려 해가 지면
가버려 해가 뜨면 가버려 해가 지면

가버려 가버려 가버려 가버려 그렇게
돌아보지 마라 그렇게 가 버리면

가버려 해가 뜨면 가버려 해가 지면
가버려 가버려 해가 뜨고 해가 지면

잊어라 모든 것을 잊어봐 생각지 마
잊어라 모두 다 잊어버려라

가버려 가버려 가버려 가버려 그렇게
돌아보지 마라 그렇게 가 버리면

가버려 해가 뜨면 가버려 해가 지면
가버려 가버려 해가 뜨고 해가 지면

비 바다 비

어제 하루해가 저물 때 외롭고 지쳐
혼자 남겨진 채 비 맞고 거닐던 거리
우리 함께 손을 맞잡고 일어나 보자
내일보다 멀리 미래의 우리를 위해

비 바다 비 비 바다 비 바다 비
비 바다 비 비 바다 비 바다 비

하늘 가득 울려 퍼지는 피아노처럼
바다에 내리는 비처럼 흐르는 우리
지친 마음 다독여 주는 우리의 노래
시간을 비우고 마음을 채우는 우리

비 바다 비 비 바다 비 바다 비
비 바다 비 비 바다 비 바다 비

아빠별

어두워진 까만 골목길에
떠오르는 아빠 모습
다가가면 멀리 사라지는
홀로 남은 내 그림자

다시 언제 다시
울 아빠 볼 수 있나
다시 언제 또 다시
울 아빠 볼 수 있나

달님에게 물어봐요
하늘나라 아빠 소식

기도해요 작은 나의 소망
별이 되어 뜰 수 있게

다시 언제 다시
울 아빠 볼 수 있나
다시 언제 또다시
울 아빠 볼 수 있나

이별 그 무렵

아직 해야 할 말이 그대에게 해야 할 말이
여태 못다 한 말이 어떤 말이 남아 있을까
어떤 이유로 지금 이렇게
아픈 그 이유 지울 수는 없겠니

이대로 남겨질 우리의 추억 간직할게
비 오는 저 바다 멈춰 선 시간 잊지 않게
사랑해

길지 않은 시간이 몇 번이나 다시 돌아와
아픈 상처만으로 남겨지고 또 버려질까
어떤 이유로 지금 이렇게
아픈 그 이유 지울 수는 없겠니

이대로 남겨질 우리의 추억 간직할게
비 오는 저 바다 멈춰 선 시간 잊지 않게
사랑해

창을 그리며

그대가 떠난 후 텅 빈 방
벽시계 소리만 들려
차갑게 식어가는
늦은 밤 열한 시 삼십 분
어느 날 갑자기 찾아온
그대의 지친 발걸음
한없이 흔들리는
우리의 사랑은 이렇게

창밖 오고 가는
사람들 바쁜 걸음
아직 내게 남은
사랑이 녹아내려

시간이 멈추길 바라며
하나 둘 그리는 사랑
오늘도 그대만을 기다려
지금도 그렇게

홀로이 남겨진 텅 빈 방
비바람 소리만 들려
차갑게 식어가는
늦은 밤 열한 시 삼십 분
어느 날 갑자기 찾아온
그대의 지친 발걸음
한없이 흔들리는
우리의 사랑은 그렇게

피아노 앞에서

요즘 들어 눈앞이 아득해질 때가 있다
지금 내게 주어진 현실에 일렁이다
물안개처럼 정수리를 맴돌다
마침내 누구와 마주하건
그의 말이 하나도 들리지 않을 때가 있다

후유 한숨이 버릇처럼 쉬어질 때가 있다
내가 품은 사랑이 나보다 몇 배나 더 큰 탓에
한숨을 내쉰다
한사코 뿌리칠 사랑 앞에
더 큰 사랑 품으려다 무너져 내린다

피아노 소리만 들어도 눈물이 날 때가 있다
단지 건반에 손을 올려놓았을 뿐인데
눈물이 버릇처럼 흐른다
갈매기처럼 하얀 건반 위에
내 마음처럼 검은 건반이 토막 나 있다

빈 배

섬진강 포구에서 바라본 빈 배
어딘가로 향했을 뱃머리가 무디어 가고
내 독백을 저으며 고독으로 향하던 빈 배

슬픔의 포만감이 방광에 차오르면
노인은 모래사장에 배를 깐 배 곁에
우뚝 서서 볼일을 본다

바다에 서서 갑판에서 호령하던
지난날들이 떠오를 때는 누가 볼세라
두리번거리던 선장, 노인의 눈

배는 채우기 위한 것이 아니라
비우기 위해서 강을 건너고
바다를 건넌다

그대를 두고

그대는 아름다운 마음을 가졌네요
그대는 아름다운 두 손을 가졌네요

그런 그대를 바라보는 내 맘이 아프네요
그런 그대를 바라보는 내 맘이 아프네요

아름다운 마음을 가진 그대를 두고
아름다운 두 손을 가진 그대를 두고

떠나야 하는 내 마음이
그저 많이 아프네요

돌아서 가는 내 마음이
그저 많이 아프네요

낯가림

기억 밖으로 내 던져진
우리의 그-리움
아픔 속으로 가라앉은
어두운 그림자
노을 뒤에는 핏빛으로
서려진 눈동자
어둠 속으로 사라지는
희망의 그림자

멀리멀리 아스라이 멀어 져가네
멀리멀리 아스라이 사라져 가네

노을 속 저 너머
아픔 속으로
어둠 속으로 사라지는 낯선 얼굴들

버스를 타고

나뭇가지 위에 시-린 잎새에
바람 불-어 차가운 빗줄-기
차창 너머-로 메마른 햇살-에
스쳐 지나는 겨-울 들-판

어린 아이들이 달려가는 신작로엔
뽀얀 먼지들-이 희뿌옇게
흩날리고

구름 사이-로 비-친 슬픔-들
가슴-가-득 하늘에 남-아

첫눈 소나무

보이는가
저 한 그루의 처절함이

이전투구의 그대에게도
저 절박함을 느낄 수
있는 가슴이 있는가

쓰러진 채 하얀 무게를
견디고 있는 저 상록수

하나의 외로움을 그대는
알 수 있는가

오직 그대만을 위한 삶이
진정 부끄럽지 아니한가

추상화

볕이 먼지 뽀얀 탁자 위에 메마른 그림자를 드리우고
어제의 난해한 색들이 똬리를 틀고 앉은 이 공간에
도무지 알 수 없는, 하늘 그림 하나 빈 그늘에 서성이네

회색 구름 휘도는 그림 하나는 마른 땅처럼 거친 낯으로
노동에 지친 아낙의 거친 숨소리처럼 먼지를 토해내고
빈 공간을 유영하는 시간들을 움켜쥐고 서 있네

형언할 수 없는 모욕으로 가슴을 치고 또 쳐 보아도
지워봐야 지워지지 않을 심장 푸른 여운으로 햇살은
모가지를 꺾은 장끼의 굳은 깃털처럼 한 방향으로 흐르네

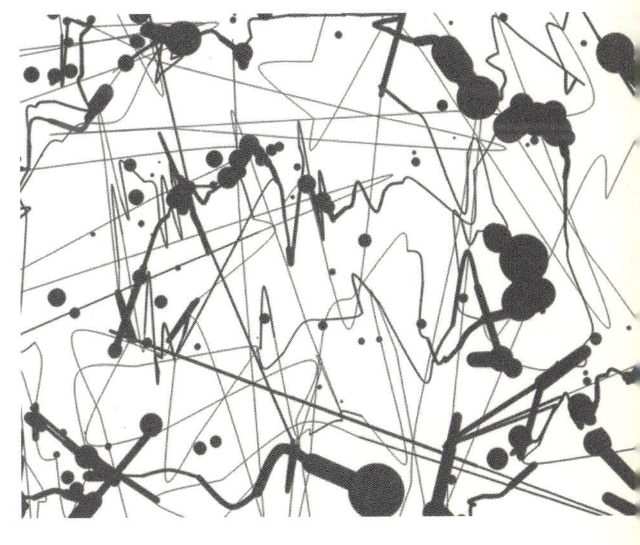

비, 가을소리

차가운 비가 내리는 새벽은 늘 푸르고 시립니다
외롭고 허전한 마음이 드는 건
홀로 깨어 있다고 믿는 까닭입니다
그토록 시리고 아픈 마음이 드는 이유조차
그런 까닭은 아니지만
고개 들어 바라본 하늘의 가장자리는
네온이 구름 앞서 가립니다

귀뚜라미 울음이 빗줄기 사이로 배여 들 때마다
그대의 눈물만큼이나 서글픈 어제의 그리움이 노래합니다
님의 숨소리조차 들릴 만큼 그리 멀지 않은 곳인데도
손 내밀어 함께 하지 못하는 이 시간에 그저 비는 내립니다

믿고 싶지 않지만 그리움만큼 볼 수 있는 것이 아니라고
수 없이 느끼며 깨달을 수 있었던 나날들이
한 해 두 해 지나고
바람 불면 부딪히는 풀잎들의 노래가
더 이상 들리지 않으면
님은 아무렇지 않은 듯 저를 찾아오겠지요

비 울음소리가 귀뚜라미 등을 타고 오는 오늘 하루도
그대의 미소처럼 밝아 옵니다

새벽강

저-문 새벽
저 강을 따라서
흘러가는 님 넋의 발걸음

희미한 달빛의 기억을 지우며
울면서 걸어도 남아 있는 사랑

사랑아
사랑아 내 푸른 사랑아
사랑아 사랑아 내 아픈 사랑아

아픈 기억 내 님의 사랑은
저물어 가는 노을의 외로움

지워도 남겨질 내 님의 이름을
가슴에 새기고 돌아서는 사랑

아무리 불러도
저 강물 속으로

사라져 가버린 내 아픈 사랑아

소라, 그 아픔의

소라는 비워야
그 이름 다하리라 다—하리라
소라는 비워야
그, 이름 다 하리라
다 하리라

우— 우 우우 우우우
우우 우— 우 우우 우————

소라의 껍데기는 남겨두고
비우리라 비우리라
소라의 껍데기는 남겨두고
비우리라 비우리라

파도의
쓴소리를 담아내고
바다의 기억을 담아 내려
그 속을 다 비우는 소라는
비로소
비워야 할 그 이유

경주 수변에서

그들이 떠나고 다시 찾은 무대에 어둠이 내리고
어느덧 한결같은 물결이 한기처럼 스산하다
다시 올 그 자리에 시간들이 채워지고
그리움이 내비치게 덧칠을 한다

텅빈 객석에 조심스레
내일이 내린다

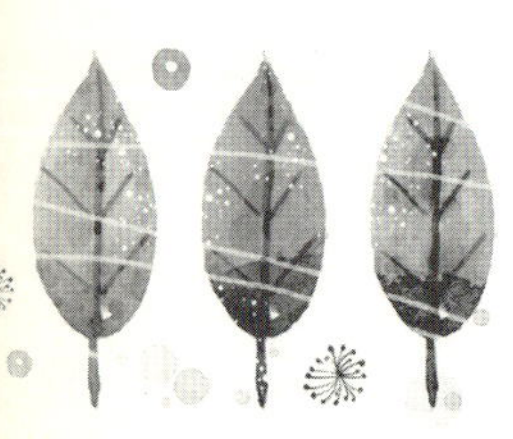

놀빛 가을

오늘 가을입니다

더운 기운을 깨고 누른 채
왜 가을은 묵상처럼 무례한
고요로 다가오는지요

여름에 그 한여름에
턱하니 가슴을 드러내던
실존의 기억들을 지워야지요

오늘 들린 가을의 地神앞에
선뜻 속내 담긴 가슴을 도려내고
빈 재단에 바칠 지경입니다

잰걸음 보다 침묵보다 더
시린 저린 젠장맞을
놀빛 이 가을이 도무지
미칠 지경입니다

제 3 부
연탄 마을에도, 비가

"현수막 뒤에 가려진 키 작은 슬픔들이 보이는가
당신이 바보가 아니듯 그들도 바보가 아니다"

언 가슴으로

통일은 끊어진 길을 다시 이어 보자는 게 아니다
그동안 쌓아온 벽을 허물고 가슴과 가슴을 잇는
눈물겨운 의미가 그것이어야 한다

구경하자고 장사하자고 나서는 길이어선 안된다
말이 구겨져 의미조차 풀어헤친 그 먼 길에
우리 민족 자존감은 설핏 잠이 든 건가

묵은 속내는 숨긴다고 가려지는 것이 아니다
오래된 연인처럼 굳이 말하지 않아도
알 수 있고 감출 수도 없는 거다

누가 먼저 제안했다고 매체에 발표하고
누가 상을 엎었다고 세계에 알리는
유치하고 추잡한 형제들이 아쉽다

찬탁이 번영이고 반탁이 쇠태가 아닌 줄 알고
마음속 진실과 정의에 귀 기울 줄 알고
더 이상 맹욕은 버려야 한다

귀 얇은 민주주의는 오래가지 못한다
중심이 흔들리고 생각조차 뿌리 채 바꾸는 일
남에게 맡겨서는 안 될 일이다

경교장京橋蔣이 잊혀 진다고 해서
통일 정부 수립조차 백 년을 채우려 하는가

망상 妄想

한마디, 말 한마디 못하고 당신 앞에서 서성이다가 마침내
떠나고 나서야 부디 먼 곳으로 떠나가서야 내가 참,
바보같이 끝까지 믿어버린 눈물이 흐릅니다

오직 나를 위한다던 몸짓들이 결국 당신들을 위한 것임을
여태 모르고 지나갔음에 가슴을 치던 날들이 이어지고
뒤를 돌아보지 못한 내 탓이 더 크답니다

다른 이들이 당신에게 수많은 의혹의 돌을 던져도, 나는
적어도 진심으로 믿음 하나 품고 살던 나만큼은
그 돌을 모두 혼자 맞아야 하는 줄 알았지요

시간이 비처럼 내려 거짓이 씻겨 가면 남는 건 진실
시간이 흐르지 않을 줄 알았던 건지, 그도 아니면
당신은 영원불멸할 줄 알았는지요

곁에서 보낸 그 많은 시간들조차, 단지 곁에 서 있던
나조차 부끄러워 고개를 들지 못할 그 시간들이
정녕 두렵지 않으셨는지요

안타까운 마음 하나에 무거운 마음 하나 더 얹고
하늘을 바라보는 지금 이 순간에도 시간의 비는
내 머리 위에 또 내리겠지요

부끄러운, 그러나

부끄러운 일일 수도 있다
지난 시간들 중에서 가장 소중하다고
당시 느꼈던 순간들이 시간이 흘렀다고
오늘 기억이 모호하다고 해서
그런 이유로 부끄러운 일일 수도 있다

부끄러운 일일 수도 있다
쏟아지는 빗줄기를 맞으며 골목길에
우두커니 서서 기다리고 또 기다리던
그 간절하고 안타까운 시간들조차
부끄러웠던 기억 중 하나였을 수도 있다

부끄러운 일일 수도 있다
파우스트의 손을 맞잡고 보내던 시간에
바닷가에 악마의 그림자가 드리운 줄 미처
알지 못한 그 시간들이 어느새 부끄러운
기억으로 남게 되어 그럴 수 있다

부끄러운 일은 그야말로 진심으로
부끄러워서 고개조차 들기 힘든 일은
이 모든 생소한 그리움들조차 멈추지 않고
끊임없이 찾아드는 공허한 시간들이 내게
더 이상 참을 수 없는 모욕을 주는 일이다

부끄러운 일이 아닐 수도 있다
진실이 고개를 들 때마다 모가지를 비틀어
내 심장에 구겨 박는 지금의 나는
하나도 부끄럽지 않을 수 있다

흉터

누구에게나 크건 작건 흉스런 자리 하나쯤은 있다
친구의 눈가에 찢어진 상처도 별자리처럼 자리한다
가파른 계단으로 쫓기다 생긴 내 정강이 상처도 그러하다

보지 말아야 할 것을 보아서 생긴 흉이 아니라
보아야 할 것을 보았을 뿐이고 이야기했을 뿐인데
살아 있는 동안 거울을 보면서 후회하고 있을까. 내 친구는

가지 말아야 할 곳을 가서 생긴 흉이 아니라
친구의 별자리가 내게도 남을까 두려워 도망간 것뿐인데
살아 있는 동안 다리를 보면서 후회하고 있을까. 나는

천명도 지나갈 넓고 넓은 길을 피해 달아난 좁은 골목길
세 사람이 지나가기도 힘든 그 좁은 희망으로 눈물 나도록
달리고 달린 막다른 길에서 만난 이들은 지금 어떨까

집을 나설 때 빛나던 별들이 최루의 구름에 가리워도
매운 밤하늘을 헤치며 찾으려 했던 것들이 무엇이었는지
그때 만난 그들과 우리들은 후회하고 있을까. 지금

두 눈을 가리고

어둠 속에 갇힐 때가 편안하다
빛으로 나가는 것이 구원이 아니라
밝음이 사라지고 나서야 비로소 편해진다
휴식은 어두울 때 찾아들고 어쩌면 빛은 노동과
그 외의 착취의 대상들을 요구하는 도움일는지도

어둠 속에 갇힐 때가 편안하다는 건 아닐지도 모른다
단지 어둠이 빛을 간절히 원하기 때문이 아니라
내가 어둠이 되어 가는 걸 두려워할 수도 있겠기에
빛이 사라지면 나조차 사라져 버릴 수도 있다는 건
편안함이 아니라 공허함에 이르는 공포일 수도

어둠 속에서 칼날의 번뜩임을 본 적이 있는가
빛은 늘 어둠에게 섬뜩한 경계를 늦추지 않고 기다린다
한 줄기 빛만으로도 대개의 어둠이 멀어지는 이유는
그래도 빛이 어둠보다 강하기 때문일까

빛이 있어야 어둠이 편하다는 걸 알 수 있다

봄, 새싹이

거친 바위들도 살아 움직이는 어떤 것도 짓누를 수 없지요
봄 삼아 내민 풀들의 잔손들이 초록빛을 더하고 비 내리는
오늘

2004헌나1 노무현 대통령 탄핵 사건

씁쓰레한 이야기를 전해 듣고 어깻죽지가 움츠려드네요
비 맞은 새처럼 파르르 심장이 떨리기도 하는 오늘에야
비로소 외롭고 쓸쓸한 저를 돌아봅니다

2009년 5월 23일 오전 노무현 전 대통령 서거

봉화산 봉수대 아래에 있다 하여 봉하峰下라 불리던 마을
뒷산 부엉이 바위에서 유년 시절의 꿈을 키우던 그가
뛰어내렸다는 그곳에서 아찔한 오늘을 봅니다

미안해하지 마라 슬퍼하지 마라 누구도 원망 마라

그로 인해 받은 고통이 큰 사람들이 너무나 많다고 해서
앞으로 다가올 고통이 또 얼마나 클지 모르겠다고 해서
책을 읽을 수도 글을 쓸 수조차 없다는 이유들, 너무나
당신답지 않은 구차한 변명들이 가슴이 저려 옵니다

삶과 죽음이 모두 자연의 한 조각 아니겠는가

그가 먼저 온몸을 불사르고 태워 세운 비석 하나가
명분조차 분명하고 정의로운 죽음의 징표가 사실이라면
다시 수많은 비석들이 살아있는 이들의 길을 막을 터인데
아직 낯선 비석은 보지 못하였습니다

저들의 푸르른 솔잎을 보라 돌보는 사람도 하나 없는데
비바람 맞고 눈보라 쳐도 온누리 끝까지 맘껏 푸르다

당신은 참 바보입니다

폭우 暴雨

그래, 퍼부어 보면 어떨까
이렇게 조심스레 내리지 말고
아주 퍼부어 주면 어떨까

하늘을 가르고 번개를 치고
가식과 허식을 한껏 비웃으며
진실로 젖어드는 비를
한껏 퍼부어 주면 어떨까

여태 고통과 빈곤으로 찌든
비닐하우스를 찢는 잔혹한 비 말고
철통같이 두꺼운 건물을 뚫고
죽창처럼 퍼부어 주면 어떨까

여리고 야윈 소녀들의 머리에
핏물 밴 곤봉 든 헬멧을 뚫고
비가 퍼부어 주면 어떨까

새야 새야 파랑새야

이 땅의 어린 새들이 녹두가 되어
우금치 하늘에 비가 되어 내리고
빗줄기 속에 치켜뜬 두 눈

뿌리채 뽑혀 나가 발톱을
드러낸 고목들의 울음소리조차
삼키는 노우怒雨 를 내리면 어떨까

모란에 비 내리면

흐린 날입니다. 우산의 날갯죽지가 파닥이며
하늘로 날아오를 것만 같은 오늘입니다.
사랑하기에 딱 좋은 날입니다

부디 그 사랑을 알아보지 못하고
스치는 일이 없었으면 하는 그런 날입니다

토독 톡 톡톡
커다란 모란 꽃잎 위에 빗방울이 맺힙니다

톡 토독톡 톡 톡 마당에 비가 내립니다

커다란 핏빛 모란 꽃잎이 떨어지는 소리입니다

슬픈 소리입니다.

마치 정령들의 발자국처럼 내리는 빗방울들이
내리는 한낮입니다

제비꽃 보랏빛 꿈도 대지에 스며드는 날
당신의 울음소리도 잦아들기를 기도합니다

물어보자, 삶에게

품어보자. 그게 사랑이건 증오건 가슴 한가득 품어보자
그러려니 사랑을 품으면 그 사랑이 하나 됨을 꿈꿀 것이고
증오를 품으면 사그라지기를 꿈꾸겠지
그게 삶이겠지 뭐든 품어야 삶이겠지

지워보자 그게 추억이건 악몽이건 머릿속에서 지워보자
애달프게 하나 둘 지우면 그 기억이 다시 채워질 테고
시간의 그늘에 놓여진 그리움만 남겠지
그게 삶이겠지 뭐든 지워야 삶이겠지

빠져보자 그게 글이건 노래건 모두 잊고 빠져보자
처절하게 노래하는 삶의 구절마다 가락을 부칠 터이고
뚜렷한 증오를 희미한 기억 속에 품어내고 지워보면
그게 삶이겠지 뭐든 빠져야 삶이겠지

생업전선 生業戰線

소주 한 잔의 비겁함이 목을 타고 내려가
덧없는 용기로 심장에 흘러내리고
아는 세상의 왜곡 됨을 호령하는 객기로 흘러내리고
새벽하늘에 빈병을 던지고 소리 친다
이것도 사는 건가

막걸리 선술집의 양철지붕에 비 내리고
늙은 아낙의 눈치를 안주 삼아 잔을 비우고
떨쳐 일어나 비틀대는 바닥을 부여잡고
가슴 아린 허공에 대고 소리 친다
이것도 사는 건가

춤을 추고 먹고 살고 노래하고 먹고 살고
장사해서 먹고 살고 이래저래 먹고 사는데
글을 써서 먹고 살지 못하는 사람이
쪽방처럼 늘어선 원고를 던지며 소리 친다
이것도 사는 건가

시인의 새벽은 깨면 자고 자면 깨고
흐르면 멈추고 멈추면 또 흐르고
덧없는 용기로 소리친다
이것도 사는 건가

연탄 마을에도, 비가

동굴 속의 울림은 언제나 몇 배의 허상을 들려준다

사람들 속에 있을 때마다 거대한 어둠 속에 갇혀 버린 나는
한마디 말을 전하려다 더 한 슬픔의 바다에 몸을 던진다

움직이는, 살아 움직이는 나는 분명히 숨을 쉬고 있다

무거운 얼굴로 오가는 사람들의 가벼운 입술에 마음을 다쳐
점점 내 심장부터 굳어가면서 밀랍인형이 되어간다

그대 깃발의 펄럭이는 꿈은 과연 정의로운가

두 손이 거짓되고, 그들에게 오만함을 전할 양으로
화물차가 산 번지를 오갈수록 그들의 낯빛은 연탄이 된다

현수막 뒤에 가려진 키 작은 슬픔들이 보이는가

당신이 바보가 아니듯 그들도 바보가 아니다

철야의 선^線에서

한 풀 잦아든 노인의 기침처럼
어둠은 한낮의 갈갈함을 잠시 미뤄두고
고요하게 내려앉는다

무거운 작업화 철판 위에 녹슨
먼지가 쌓이고 쌓여 제 무게보다 더한데
두 눈에 붉은 대못처럼 핏발이 선다

공사판 인근의 철로 위에 비는 내리고
과거처럼 지금의 기차가 지나가는데
나의 기차는 좀체 서지 않는다

이슬처럼 소주 한잔 들이켜고
눅눅한 옷소매에 풋고추를 닦는 사내
빌어먹을 된장 한껏 푹 찍는다.

김군아! 한잔 해라!
합판 위에 돌아누운 김군은 듣고도
못 들은 척 한잔 하지 않는다

어둠이 달빛으로 새어나갈 때
그 빛을 따라 도시는 선잠을 뒤척이고
새벽의 화해 속에 아침을 함께 하려는가

까듯 씹듯

언제부터 누가 누구를 "까"고
누가 누구를 "씹"는 게 재미가 되어 간 걸까

도대체 언제부터 누군가의 삶을
구석구석 훔쳐보는 관음증 환자가 되었을까

고기를 씹듯 천천히 허기를 채워 가는 사람들
놀이 삼아 까고 씹는 이들의 발밑에는
전리품처럼 수많은 댓글들이 쌓여만 간다

그야말로 까고들 있다

언어의 숲에 갇힌 실어失語의 시간들이
지나가고 겨우 이해할라치면 시작되는 토악질

조간신문 희망을 버린 지 이미 오랜데
이 세상에서 무슨 싹수를 기대하고 기다리는 지
창문을 닫고 흐린 하늘을 열어 본다

늑대 푸른 비

거친 비는 가려진 푸름이 있어야 한다
새벽의 이슬을 품고 그 빛을 간직한 채 비 내리듯
이처럼 푸른 새벽의 비는 한껏 푸르러야 한다

늑대의 푸른 이마는 허기에 지칠 때 더 빛난다
숲이 잡목으로 엉켜 있다 하여도 그 빛은 두려움이 되듯
이처럼 푸른 잔혹은 허기에 지쳐야 한다

푸른 비를 맞으며 걸어가는 푸른 이마들
허기에 지친 살육이 아무리 빛난다 해도
그들만이 생존하는 숲에는 더 이상
헤픈 먹잇감이 보이지 않는다

된서린 기억

어머니의 된장찌개는 흙빛과 닮아 있다
마치 대지를 한 움큼 집어 뿌려 놓은 듯
황토빛으로 물들어 가는 하루

햇빛에 단 고추를 빗금 쳐 썰어 넣고
충혈된 아버지의 눈빛처럼 두려운 기억이
붉게 붉게 물들어 가는 하루

된장찌개는 늘 그립고 슬픈 유화처럼
두터운 기억으로 내 눈을 가린다

강가에 서서

두둥실 하늘 가득
하얗게 슬픔이 떠오르더니
어느새
비릿한 단비가 대지에 서리다

설익은 신명은 날 선
작두 위에 안개 되어 흘러내린다.

사람의 탈을 쓴
짐승들의 울음으로부터 멀리
떨어지지 않은 이 곳 강가에서
새벽은 강물을 여인의 젖가슴처럼
움켜쥐고 눈물짓는다

구지가 ^{龜旨歌}

거북아 거북아 머리를 내어라
내놓지 않으면 구워서 먹으리

여섯 개의 심장을 지키기 위해
점점 껍데기를 여미었다

단단해지는 껍질 속으로

거북아 거북아 머리를 내어라
내놓지 않으면 구워서 먹으리

정작 단 하나의 심장은
말라 비틀어져
손톱만큼도 남지 않았는데

담을 세우다

밤을
지샐 것 같은
오늘
세상 모든

거지 같은 상념들

그리고

끝내 악마의
손을 맞잡은
군상들이
슬슬 지겨워지기
시작하는 밤

그런
오늘 밤이다

탈상 脫喪

집 앞
공원에 부는
바람이 쓰리다

누구의 혼이
미련스럽게
이승에 매이는가

철탑, 하늘 오르다

거친 햇살에 뒤척이는 아침을 깨우며
사립문을 열고 나선 어제의 하루
겨울 새벽 폐유 찌꺼기 불길을 둘러싸고
설익은 온기를 나눠 가지며
오늘을 이야기하는 일용직 노동자의 아침을 노래하자

녹슨 대못에 움푹 패인 정강이 상처가
석면 가루 눈발 휘날리는 작업장
흐린 겨울 하늘 바라본 저 푸른 설움들의
아우성 흐르는 세상 안에서
내일을 이야기하는 일용직 노동자의 아침을 노래하자

날선 작두 위에 올라선 늙은 무당처럼 하늘 닿는
철탑 위에서 춤을 추고
심장은 널뛰듯 두근거리고 두 눈은 분노로 얼룩이 지는
어제 같은 오늘
두려워 오를수록 하늘과 가까워져
이러다 우리 모두 하늘로 오르겠네

거기 하늘이라면

흔들리는 모든 것들에는 이유가 있다

비루하게 엉겨 붙은 마른 가지에 매달린 잎사귀 하나에도
바람이 툭 치고 지나감에 흔들리는 이유를 가진다

더 이상은 열려 있어 하늘이 아니어라
대지와 마주하지 않으면 하늘이 아니어라

흔들리는 모든 것들에는 이유가 있다

무모하게 휘몰아친 어린 꿈들의 섣부른 외침 하나에도
언젠가 휙 다시 돌아보는 시간들이 올 것을 믿나니

더 이상은 열려 있어 하늘이 아니어라
대지와 마주하지 않으면 하늘이 아니어라

나는 새

바다를 나는 새 한 마리가
방충망에 갇혀 버렸다
바다와 함께 갇혀
버렸다

긁히고 패인 흔적의 주둥이를
여지없이 창에 부딪히며
제 날개를 쪼다

나는 새는
점점 멀어져 점이 된다

제 4 부
그대 하늘에 닿으면

"하늘의 뜻에 가까워질수록
사람의 마음을 헤아리기가 쉬워진다는 이야기
혹시 당신이라면 들어 본 적이 있는지요"

그 자리에

때로는 내버려 두는 편이 나을 때가 있지요
지금 해야 할 일들이 너무 많아 뭐부터 해야 할지 모를 때
그대로 두고 잠시 가까운 호수를 찾아 가 보세요
호숫가에 앉아 흔들리는 물결을 보면 그 결을 따라
편안한 마음을 가질 수 있지요

때로는 내버려 두는 편이 나을 때가 있지요
오랫동안 우정을 나누던 친구로부터 슬픈 일을 당했을 때
그대로 두고 잠시 부모님을 찾아 가 보세요
어린 시절 당신의 이야기를 들으면서 어느새 당신이
얼마나 행복한 아이였는지 알 수가 있지요

때로는 내버려 두는 편이 나을 때가 있지요
사랑하는 이와 헤어져 눈물이 걷잡을 수 없을 때
그대로 두고 잠시 두 눈을 감아 보세요
그 사람으로 인해서 행복한 순간들보다 더 많이
잃어버린 것들을 생각해 낼 수 있지요

때로는 내버려 두는 편이 나을 때가 있지요
나의 삶이 끝나는 시간이 성급하게 다가왔을 때
그대로 두고 잠시 아이들을 생각해 보세요
당신의 삶이 끝나는 것이 아니라 그 아이들이
이어가는 것을 금세 알 수 있지요

내게 전화를 걸다

긴 시간 소식 없던 그녀가 다가와
당신의 어깨에 기대고 울기만 하면
무슨 일이냐고 묻지 마세요
그냥 포근하게 안아 주세요
궁금한 걸 물어보는 순간 그 사람은
또다시 힘든 기억을 떠올려야 하니까요

친구가 술 마시고 새벽에 전화 와서
욕을 하고 소리치면 그냥 끊지 마세요
그 친구는 외로움에 몸부림치다가
마침내 소중한 친구의 이름을 기억해 내고
용기 내어 전화를 한 거니까요
이제 괜찮다고 얘기해 주세요

형에게서 전화가 와서 잘 지내냐고
부모님이 전화가 와서 괜찮냐고
동생이 전화가 오더라도
나는 괜찮다고 너무 괜찮아서 걱정이라고
크게 웃으면서 얘기하세요
가족이 듣고 싶어 하니까 그리하세요

당신이 힘들고 지칠 때 밤거리를 걸을 때
우연히 공중전화가 보이면 거기에서
당신에게 전화를 걸어 보세요
이제 소중한 이들에게 하지 못한
이야기들을 마음껏 하세요

당신은 그런 사람이어야 합니다.

사랑, 그 사랑

말로 다하는 사랑 그 사랑 누가 못할까요
정작 사랑하게 되면 가슴이 떨려 아무 말도 할 수 없고
성큼 다가서는 것도 힘이 드는 사랑인 걸요
먼저 내게 손을 내밀면 두 손 뒤로 감추는 사랑
그 사랑이 어찌 그리 쉬울까요

말로 다하는 사랑 그 사랑 누가 못할까요
사랑하는 이에게 우쭐대고 싶어 거짓을 말하고
들킬까 두려워 더 큰 거짓말을 하는 사랑인걸요
먼저 내게 괜찮다 말하면 고개를 떨구는 그런 사랑
그 사랑이 어찌 그리 쉬울까요

말로 다하는 사랑 그 사랑 누가 못할까요
힘겨운 사랑으로 만난 것도 잊은 채 다투고 돌아설 때
일부러 뒤돌아 보지 않고 걸어가던 사랑인걸요
어두운 하늘 아래 등 뒤의 사람이 비를 맞던 사랑
그 사랑이 어찌 그리 쉬울까요

말로 다하는 사랑 그 사랑 누가 못할까요
사랑만큼 쉬운 것이 아니라 사랑이 아니어서 그 사랑이
쉬운 것임을 모르는 이들이 너무 많은 걸요
아프고 힘들고 외로워서 사랑이 아닌 그런 사랑
그 사랑이 어찌 그리 쉬울까요

말로 다하는 사랑 그 사랑 누가 못할까요
그 사랑이 어찌 그리 쉬울까요

구운몽

장마가 끝날 때쯤이면 한 방울의 비도 그리워진다
수많은 사람들과 엉킨 삶을 노래하던 계절에 만나서
하나 둘 떠나가고 마침내 나만 남겨진 것처럼
공허하게 느껴지는 한적한 공원에서
한 사람이 그리워진다

이해하기 힘든 순간들이 이어지고 끊어진
인연의 양끝을 쥐고 어찌할 바 모르던 차에
떠난 이들 하나 둘 다시 돌아와 내 눈물 닦아주며
혼자일 때 그리움이 얼마나 더 한 사랑인지
알려 주려 왔다고 말해 줄
한 사람이 그리워진다

힘든 시간들은 소걸음처럼 천천히 지나가고
움푹 패여버린 그 날의 상처들이 군데군데 남아도
어제 다툰 아이들처럼 모두 장난이었다고
예전처럼 다시 다정하게 웃고 떠들며
꿈처럼 다시 모여 떠들 수 있는
그런 날이 올 수 있을까

그래서 내게 한 번의 삶이 더 주어질 수
아. 그럴 수만 있다면 그러고 싶다

해파리

내가 세상으로부터 사랑받을
노력을 추호도 할 생각이 없다는 것
그게 문제야
오히려 은둔하고 싶어지는 거

혼자만의 세상으로
점점 비집고 들어가다가
끝내 소라게처럼
말라비틀어질 수도 있겠다는 생각,
그런 꿈을 자주 꾸네

어쩌면 혼자이기 위해서
무리에 둘러싸인 모래알처럼

난 해파리일 수도 있겠다

태양 아래 내장까지 드러내 놓고도
누군가 다가가면 안간힘을 다해
쏘아 버리는 해파리

나와 닮은 미물이나 형상을 만나면
어두운 갯벌 속으로 숨고 싶다
편안할 것도 같고 무엇보다도

긴 잠을 악몽 없이
잘 수 있을 것 같아서 말이다

햇살 반가운 그날

어떤 날은 그대 앞에서 한마디도 내뱉지 못하고
마려운 강아지처럼 주변만 맴돌다 주저앉아 버리고

어떤 날은 가슴이 무너질 것같이 아픈 그
어떤 날은 할 말이 너무 많은 수다쟁이가 되어
그대가 귀찮아할 때까지 주절주절 떠들다가 바보가 되어
어쭙잖은 핀잔을 듣고 그 자리에 또 주저앉아 버리고

어떤 날은 그 어떤 말도 그대에게 위로가 되지 못해서
아무 말도 하지 못하고 곁에서 그대 빈 어깨를 바라보다
하늘만 바라보다 한숨만 쉬다 일어서 돌아서 버리고

어떤 날은 그야말로 어떤 날은 그대가 처음부터 내 곁에
없었던 것처럼 혼자 빈 운동장에 주저앉아 빈 그네를 보면서
눈물을 흘리다가 비로소 이별이란 걸 알고 어떤 날은
햇살 비추던 그 밝고 화창한 오늘 같은 어떤 날은
그대가 그리워 그곳으로 가는 날이다

낙타의 그리움

그리될 줄 몰랐더라도 그대가
누군가에게 상처를 주었다면
더 이상 망설일 시간이 없어요
어서 그 마음을 어루만져 주세요
그 상처가 돌아오려 하기 전에

그리될 줄 몰랐더라도 그대가
누군가에게 상처를 받았다면
더 이상 망설일 시간이 없어요
어서 그 마음을 어루만져 주세요
그 상처가 돌아가려 하기 전에

아침에 깨어나 그대 곁의
누군가가 미워 보일 때가 있다면
더 이상 망설일 시간이 없어요
어서 그 얼굴 쓰다듬으며
사랑한다 말해 주세요
그 사랑이 그대를 떠나기 전에

구름이 이러저러 모이고 흩어져
그리운 이의 모습을 용케 그려내면
어서 그 이름 새겨 보세요
그의 이름이 모래바람에 지워질
낙타처럼 불현듯 지워지기 전에

하루

이 시간에 내 곁에 머문 하루는 늘 지쳐 있다
여리고 여린 나의 하루는 온몸이 찢겨진 채
가쁜 숨을 몰아쉬며 내 어깨에 기대어 있다
나의 오늘은 그렇게 숨을 거둔다
그리고 이내 어제가 된다

대기는 매운 열기를 안고 탐욕으로 차 있다
강한 사람만이 생존할 수 있음을 깨닫고
갑작스런 경음기 소리에 멈칫 길을 멈춘다
나의 오늘은 그렇게 숨을 거둔다
그리고 이내 내일이 된다

나의 죽은 어제의 오늘의 내일은 죽어 있다
처음부터 죽어 있었을 지도 모를 나의 날들은
한결같이 못난 모습으로 더 못난 내게 매일같이
찾아와 사람들을 고자질하며 눈물짓는다
그리고 이내 하루가 된다

그래 쉬어라
대신 내일 아침에는 꼭 깨어나라

해후 邂逅

그 사람에게 전화가 온다
이유도 알 수 없는 이별을 하고
기억나지 않는 그 사람에게 전화가 온다
잘 지내냐는 용건은 안중에도 없다
단지 전화가 왔을 뿐이다

그 사람에게 전화가 온다
아팠던 기억은 분명한데 희미해진
과거의 그 사람에게 전화가 온다
잘 지낸다고 먼저 말을 하고 끊는다
단지 전화가 왔을 뿐이다

그 사람에게 전화가 온다
어제는 몰랐던 그 사람의 기억이
오늘은 하나 둘 기억이 나는 그 사람에게
무슨 일이냐고 물어보기로 한다
단지 전화가 왔을 뿐인데

그 사람에게 전화가 온다
나의 일부를 기억하는 그 사람에게

전화가 온다 어제도 오늘도 그는 내게
전화를 건다 더 이상 나는 그의
전화를 받지 않는다

사랑한다면

무서워하지 마세요
그의 굳은 얼굴에서 낯선 말이 나와도
그에게는 당신에 대한 사랑이 남아 있으니까요

두려워하지 마세요
그가 적은 번뇌와 고민의 글일지라도
그는 당신에게 이별을 말하고 있지 않아요

안타까워 마세요
사랑이라고 부르는 그 모든 비슷한 감정들은
원래 이렇게 어설프고 서툰 거니까요

슬퍼하지 마세요
당신이 아파서 울고 있는 걸 보게 된다면
그는 어둠 속에서 더 많이 슬퍼하니까요

그래도 부디 사랑하세요

무섭거나 두려우면 다가가지 못하고
진지하지 못하면 아픔 되어 돌아오는
그게 사랑일지라도
부디 사랑하세요

이별의 기억, 어제

아픈 이들에겐
사람들이 머물기 힘이 들지요.
편 방향의 대화를 견디기가
힘이 드는 이유입니다

시간이 지날수록
대꾸가 줄어들다 마침내
떠나게 되는 일이 많은 이유로
우린 아프지 말아야 합니다

슬픈 이들에겐
사람들이 머물기 힘이 들지요
우리들의 기운 없는 눈물 보기
힘이 들기 때문입니다

아무리 슬픈 일들이
우리에게 일어난다 할지라도
조금도 슬픈 표정을 짓지 말아야
혼자가 아니기 때문입니다

어제 당신을 떠난 그가
나쁜 사람이어서가 아니라
당신이 너무 아프고 슬퍼하는
모습을 보였기 때문입니다
모두 당신 때문입니다

피 걸음

지금 걷는 이 길에
피 발자국 찍고 비 내려 고이면
누군가를 위한 걸음이 되고
그 누군가는 또 누군가를 위한
걸음이 되어 이 삶이 보람되고
참된 희망으로 가득할 수 있었으면
참 좋겠습니다.

나만을 위한 삶은
쉬 지치고 얼마나 가야 할지 모르나
누군가를 위한 노래가 되고
그 누군가는 또 누군가를 위한
노래가 되어 이 삶이 희망되고
참된 살음으로 가득할 수 있었으면
참 좋겠습니다.

밤길을 걸어 닿는 터
더 두렵고 아쉬운 하루해가 다 가도
누군가를 위한 등불이 되고
그 누군가는 또 누군가를 위한
지표가 되어 이 삶이 등대 되고
참된 불꽃으로 가득할 수 있었으면
참 좋겠습니다.

어둠에 기대어

어둠
그 희미한
망상에 기대어
바라보는 달콤함이 채
깃들기도 전에
누군가에게 빛을
허용해버린
당혹스러움처럼

그대들이 딛고
지나간 어둠조차
부정할 수 없을 터인데

모두 어찌 그리
당당할 수 있는지

낯선 바다를
그리워하는
노인의 부질없이 메마른
이슬처럼

하나하나 지워가며
하루를 다 보내며

지친 내
어깨를 토닥이며

그래
좀 쉬어라
되뇌이는 새벽

엄지발톱

오늘 엄지발톱이 매우 건강해 보여서 수다스럽다
의자에 앉은 무릎에 놓인 노트북의 온기가 따스하다
늘 엄지발톱이 힘없어 보여 못마땅하던 차에
엄지손톱만큼이나 당당해 보이는
엄지발톱이 좋다

짐승들의 엄지는 곁가지처럼 엉성하게 마련이다
가지런히 자리한 가장 넓은 발톱이 가리키는 방향이
내가 하루에 머문 시간들의 공간을 채우는 곳인 탓에
어둠 속에서 양지를 지향하는
엄지발톱이 좋다

엄지손톱만큼이나 당당해 보이는
엄지발톱이 좋다

피터의 그림자

그림자는 본질이
행동할 때만 반응을 보이는
야비하기 그지없는 이유로
자기 색을 가질 수 없지요
나는 누구의 그림자입니까

내 뒤에 누군가 있다

잿빛 거리에 두런거리는
회색의 동체들이
길 위에 서 있습니다

내 뒤에 누군가 있다

서슬 푸른 이를 드러내고
깨어나는 새벽하늘 가득히
설운 가슴 움켜쥐고 별이
보이지 않는 눈물만큼
슬픔을 노래하는 겁니다

내 뒤에 누군가 있다

누가 누구의 그림자인지
알 수는 없지만, 우린
하나여야 합니다

그대 하늘에 닿으면

하늘의 뜻에 가까워질수록
사람의 마음을 헤아리기가 쉬워진다는 이야기
혹시 당신이라면 들어 본 적이 있는지요

사람의 마음을 헤아리는 노력을 게을리하지 않아야
하늘의 뜻을 알 수 있다는 이야기가 되지요
하늘의 뜻은 곧 당신의 뜻과 닿아 있지요

위에서 아래로 흐르는 것이
자연의 순리라고 해서 사람의 높낮이가 꼭
필요하다는 이야기는 아니겠지요

그대의 마음에 닿을 수만 있다면
그대가 나의 마음에 닿을 수만 있다면
하늘의 뜻에 닿을 수 있겠지요

시계를 깨다

시간이 흐르는 간격은 늘 다르다
눈금들이 비처럼 시계에 내려도 늘 다르다

집행을 하루 앞둔 회한에 찬 사형수의 눈물이
거침없는 시간을 멈추게 할 수 있을까

시간은 이별하는 연인들의 심장 박동처럼
멈출 수도 늦출 수도 없지만 일정하지 않다

일정하게 칸을 짚는 초침과 분침이 그리고
시침이 어찌 우리의 삶을 토막 낼 수 있을까

길 위에 서다

길을 잃어버렸다고
좌절하거나 당황하지 마세요

길을 잃어버렸다는 것은
새로운 길을 찾았다는 의미지요

뭔가를 잃어버리고
찾아드는 희망을 두고
삶이라고 하지요

다소 힘들어 보이고
지친 것처럼 보인다고 해도
삶은 희망이지요

비밀

바다는
그래 바다는

날마다
품은 해를
지켜내기 위한
이를 드러내고

내 키를
훌쩍 넘는
이를 드러내고

바다는
그래 바다는

사람들이
버린 기억
입 다물어 선을
긋는 바다는
늘 그래

27층

승강기가 멈춘다

멈춰선 승강기 앞에 나를 닮은 이들이
대화를 멈춘 채 닫힌 문만 바라보다
옆 승강기로 우르르 몰려간다

비상계단을 오른다

약속된 이들의 얼굴이 떠오른다
늦은 시간으로 굳은 표정의 그들과
가방에서 꺼낼 서류들이 함께
계단을 오른다

비상계단을 오른다

이름조차 남지 않은 누군가가
흙빛 얼굴로 다지고 쌓아 올린 계단
그들의 서러움과 나의 굴욕이
계단을 오른다

바다, 옥상이다

26층을 지나 다다른 옥상은
코발트블루의 바다보다 더 푸른
옥상에서 올려다 본다
오를 계단이 없다

추락하다

오가는 차들과 사람들이
밀물이 되고 썰물이 되고
나는 갈매기가 되어
바다로 간다

가야할 길

서두를 필요는 없다
가고자 하는 길이
외롭고 쓸쓸할 터이니
그 시간을 애써 당겨
힘들 필요는 없다

물론 가지 않을 수는
그럴 수는 없다
어차피 가야할 길이라면
천천히 걸어가되
멈춰서도 안되고
가고자 하는 그 길을
잊어서도 안된다

고구마

사람들이 제 얼굴이 고구마 같다고 합니다
불타는 고구마 같다고 합니다
술이 약한 저를 놀리는 뜻이겠지요만
의미는 통하고 진실은 다릅니다
생고구마라면 모를까요

고구마가 아들의 방문을 열어 봅니다
잠든 녀석의 이마에 입을 맞추고
제법 자란 수염을 쓰다듬어 보기도
반듯하게 잘 자란 아들이지요만
고구마 아들은 아니랍니다

아들의 방을 나서야 할 시간입니다
속이 탁한 막걸리 냄새 때문도 아니고
눈물이 나서도 아닙니다
가슴에 귀를 댄 채 파닥이는 소리가
제 심장소리였기 때문입니다

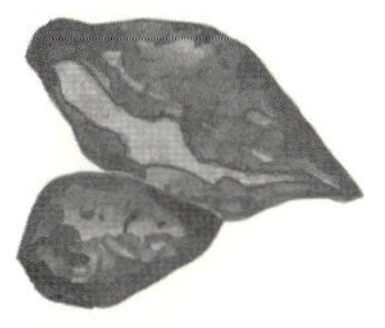

구룡포에서

저 넓은 평야에 화살처럼
내리 꽂히는 빗줄기들

그로 인해 대지는 울컥
피를 토해내는 강물을 만들고

그 강물은 바다로 흐른다

그 바다에서 아픔을
소리치는 수많은 사람들

그 아픔을 안고 바다는
잠이 드는가

기우 祈雨

간간히 비가 내리는 오늘이다
어두운 골목길이 길어서
가로등은 추억이다

긴 시간 그 긴 어둠을 걷는다
비를 만날 이유가 희미한 오늘도
어색해 하지 않는다

그리운 모든 것들은
예견된 만남이 아니라 해도
전혀 낯설지 않다

내 안의 이별

한 때 전부였던 그녀가 떠나간다고 해서
아픔의 전부를 안 것은 아니다
그래도 사랑했다는 거짓말보다도
더 가슴아프게 자리한 건
나와의 이별이다

스스로 실망하고 포기해 버리고 싶은
감정을 추스릴 수 없는 나와의 이별은
그녀에게 아무런 상처가 될 수도
그리 되어서도 아니된다 하여
삶을 우두커니 본다

누군가 어깨에 손만 올려도
눈물이 흐를 것만 같고
따스한 말 한마디만 들려주어도
그냥 울어 버릴 것만 같은
오늘만의 일이 아니다

이별은 그러하다

넌 나에게

넌 네게 무슨 일이 있을 때 전화를 하지
난 네게 무슨 일이 있을까봐 전화를 하지

넌 배고프면 밥 먹었냐고 묻곤 하지
난 배부르면 네게 밥 먹었냐고 물어 보지

넌 내 생각이 난다고 가끔 연락을 하지
난 네 생각을 하지 않을 때가 없지

넌 내가 화를 내면 설명을 하라고 하지
난 설명을 할 때마다 화를 내는 너를 본다

넌 내게 좋은 친구라고 하지
난 네게 좋은 친구였으면 하지

넌 내게 지나는 길에 들렀다고 하지
난 네게 일부러 찾아가곤 하지

넌 내게 추억 중의 하나라고 하지
난 너에 대한 추억 말고는 없지

우리는 친구라고 부르지

도형의 서^序

저마다 다르다
네모, 세모, 동그란 생각들
다른 이의 네모를
세모에 구겨넣는 사람들
나의 세모를
다른이의 동그라미에
채워넣는 사람들
그들의 도형은
매번 달라지는 듯 보여도
결국 하나의 틀 안에서
벗어나지 못한다

저마다 다르다
처음부터 맞지 않는 생각에
덧댄 수많은 상념들이
맞춰지고 잘려져서
버려진 잔 생각들이
누군가에겐 소중하고
또 누군가에겐
가벼운 재채기처럼
지나쳐 버리는
아픈 상처는
저마다 다르다

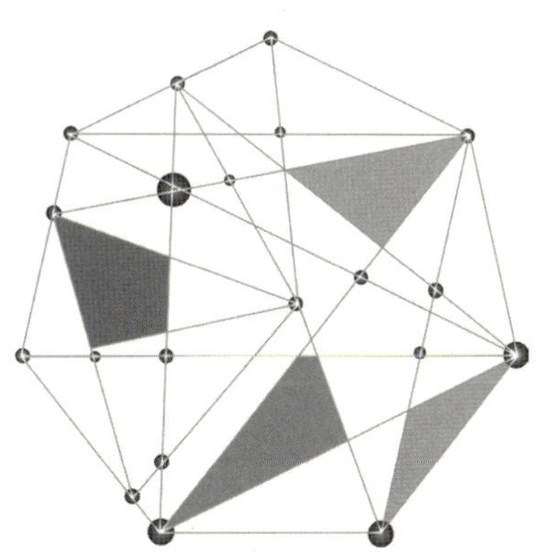

바나나 우유

수십 년간 노란 바나나 우유를 마시다
어느 날 하얀 색이 진실을 마셨다
똑같은 맛의 그것들을 마셨다

달처럼 소망스런 바나나 껍데기와
한민족의 그것과 닮은 그 속살이
어느덧 다투는 빛이 되었다

딸기 우유도 긴장하고 있을는지
그 속인들 붉은 빛일까

밤바다

하늘은 온통 먹빛이다
비오는 바다는 그래도 푸르다
밤에는 그래
밤바다는 검다
밤하늘도 그러하다
바다와 하늘은
달과 수많은 별들을 품고
이리도 하나될 줄 안다
우리 둘은 얼마나 큰 걸
품어서 하나되질 못할까

별

그리움은 축복입니다
세상 모든 그리움이 춤을 추는
하늘에 수많은 별들이
그리움을 더 해 주는 그런
밤이 찾아 옵니다

듬성듬성 사람을 만나
건성건성 헤어지는 이들에겐
그리움의 별들이 조금도
내려앉을 수가 없지요
밤이 찾아 옵니다

그대는 별입니다

비, 멈출 수 없는

-달구벌 성터 달성공원에서-

비둘기 한 마리가 감나무에 내려앉자, 가지가 툭 부러진다
잔가지들이 후두둑 날개짓을 하며 빈 뜰에 떨어진다
닭둘기의 오면조차 마다하지 않는다 해도
비둘기는 나는 새다
날 수 있는 새다

월계수 잎을 물고 하늘을 나는 비둘기는 볼 수 없다
평화의 무거운 짐을 품은 비둘기도 더 이상 없다
허나, 비둘기는 그런 기억을 가진 새다
비둘기는 닭이 될 수 없다
날 수 있기 때문이다

비 내리는 공원을 홀로 찾은 노인의 낡은 우산 아래
위엄을 상실한 채 젊은 날을 회상하는 주름이 있고
날 수 있지만, 날 이유를 잃어버린 비둘기가 있고
그들 위로 흐르는 그리움이 있다
비둘기는 나는 새다

상어

차가워진 어둠의 결을 빗어 내리는 새벽,
한 올씩 내려 앉는 미련스러움 끝에
무심히 지켜오던 내가 있다

나를 알지 못하는 내가 거기에 있다
좁은 뇌 속을 헤집고 상어 한 마리
헤엄을 치며 나를 부른다

다리를 떼어 어깨에 붙여 덩실덩실
팔을 떼어 골반에 쑤셔박고 춤을 춘다
핏줄을 잃은 피가 고인다

새벽하늘에 내 머리 둥실 떠올라
피로 물든 내 심장을 검붉게 비추고
비린내를 맡으며 해가 뜬다

생일잔치

땡그랑 한푼 땡그랑 두푼
돼지 저금통의 생일입니다
사인펜으로 등에 적힌
2010년 8월 28일
오늘은 녀석의
생일입니다

온통 노오란 돼지가
눈알이 파란 걸 보니
호주산인가 봅니다

어릴적 추억이 생각나
녀석의 배를 쿡쿡 눌러서
동전을 빼 보려 했지만
두꺼운 뱃살 덕에
꼼짝도 하지 않습니다
아이였을 때만큼
절박하지 않아서일까요

녀석의 배를 가릅니다

석양 夕陽

지켜보리라
낮의 빛들이 사라지고
어둠이 무리지어 삼키는
불콰한 석양이 지켜선
밤의 언저리에
경계를 지켜 보리라

지켜보리라
어둠이 슬그머니
새벽 이슬을 신은 채
뒷걸음치고 어제의 빛이
수복修復하는
경계를 지켜 보리라

지켜보리라
처음부터 믿어왔던
빛이 곧 어둠이고
어둠이 곧 빛이었음이
의심하지 않은 채
기어이 오늘 지켜 보리라

소나기

어제 누군가는
바다를 닮은 갓 배운 소주를 마시고

오늘 누군가는
소주를 닮은 눈물을 흘리고

내일 누군가는
눈물을 닮은 누군가를 그리워하고

그리고 또
아침 인사를 나누는 오늘이다

암흑 ^{暗黑}

어둠과 오랜 시간을 보내다 보니
어느새 난 어둠이 된다

촛불처럼 작은 희망의 빛조차
목마름에 태우는 나는
마침내 어둠이 된다

어둠은 영문도 모른 채
나를 닮아 간다

추 ^錘

새로운 시작이 두려운 건
그 일이 잘못될까봐서가 아니다
다시는 일어나지 못할까봐
그 이유가 두려운 거다

내가 고백하기 두려운 것은
거절당할까봐서가 아니다
같은 이유로 고백하게 되는
그 날이 두려운 거다

한 때의 일과 감정 앞에서
두려운 모든 이유를 움켜쥐고
내뱉을 두려움의 대상은
시간일 수밖에 없다

다시 일어설 시간은 없고
실수를 반복할 시간은 남고
그 시간만큼은 사람에게
무한정 베풀어지는
은총이 아닐테니

파지 ^{破紙}

차는 대개 삼년이나 오년 타고 중고시장으로
게임기는 육개월 정도 쓰고 중고 시장으로
자전거는 이년이상 타다가 중고 시장으로
한 번도 읽히지 않은 책은 바로
재활용품 손수레에 담긴다

가랑잎 별이 지다

초판 1쇄　2013년 10월 29일

지은이　김사윤
발행인　김재홍
책임편집　권다원, 김태수, 이은주
마케팅　이연실

발행처　도서출판 지식공감
등록번호　제396-2012-000018호
주소　경기도 고양시 일산동구 견달산로225번길 112
전화　031-901-9300
팩스　031-902-0089
홈페이지　www.bookdaum.com

가격　10,000원
ISBN　978-89-97955-98-5　03810

CIP제어번호　CIP2013021429
이 도서의 국립중앙도서관 출판시 도서목록(CIP)은 이 도서의 국립중앙도서관
출판시 도서목록(CIP)은 서지정보유통지원시스템 홈페이지(http://seoji.nl.go.kr)와
국가자료공동목록시스템(http://www.nl.go.kr/kolisnet)에서 이용하실 수 있습니다.